管見随想録　上巻

八風吹けども動ぜず

高瀬こうちょう

櫂歌書房

序　文

この本を書き始めたのは好奇心のおもむくままに心に浮かんだことや日ごろ断片的に考えていることを記録してみようと思ったからだが、もし人に読んで貰えるなら嬉しいことだと思う。さて、長い伝統や歴史や古来より引き継いだ醇風美俗の集積する日本や日本人は世界一素晴らしいと思う。ただこのことをよく気づいて理解していない人が近年増えているような感じがする。そういう人達が増えてくると日本の良さが薄れてくるのは残念なことだと思う。素晴らしい日本は千年以上掛かって形成されたものであるから、日本文化や醇風美俗はしっかりと後世に残さないといけないと思う。こうゆうことや世渡りに関することなどを思いつくままに書いた。ご指摘やご批判はご遠慮なく出版社を通してご教示ください。

目次

管見随想録　上巻　八風吹けども動ぜず

管見随想録　**中巻**　性格は変わる？

目次

管見随想録　**下巻**　男はつらいよ

目次

私の履歴

昭和八年に福岡県浮羽郡吉井町に産まれた。地元の小学校を卒業し、旧制浮羽中学に入学。父は浮羽工業の教員であったが、昭和十八年に病死した。母は運よく郵便局に就職した。小学六年の夏に大東亜戦争（太平洋戦争又は第二次世界大戦とも言う、米英など多数の国と日本が戦い昭和二十年敗戦となった）は終戦となったが、極度の食料不足であった。私は長男だから六歳違いの妹と九歳違いの弟の面倒をみたり母の手伝いもした。中学時代は全く勉強はしないし欠席が多かったつまり不良になったのだ。高校では少し勉強を始めたが、授業に付いていけなかった。

友人との会話を通じて刺激を受け大学を出たいと思い、母に相談したら、毎月五千円の仕送りをしてくれると言うので、将来は検事に成ろうと考え東京の中央大学に入学した。

大学の授業は期待に反して一向に面白くなく、最低限しか出席しなかった。五千円の仕送りだけでは足りなくて二千円の奨学資金を借りたが、それでも足りなくて、アルバイトをよくした。三畳の部屋にあるのは法律の本と簡単な自炊道具と学生服に夜具のみで、良寛さんの五合庵のような簡素さだった。大学卒業のときの教授による就職相談では成績は良くないし、顔色が青黒くて病気ではないかと言われて、推薦状は貰えなかった。司法試験対策の勉強しかしてないので、平均的には良い点は貰えない。

卒業しても仕事が無いので、京都郊外の無人寺をタダで借りて住み司法試験の勉強をした。そして、司法試験を受験したが、手ごたえもなく不合格。東京の伯母が心配して、住宅金融公庫勤務の知人に頼み受験させてもらい、その知人からの葉書には優秀な成績で合格したと書いてあった。司法試験の勉強が役に立った。検事の夢は諦め、住宅金融公庫広島支所に勤務した。

その後二十八歳の時、山陰合同銀行川本支店勤務の市山素子二十一歳と結婚した。結婚前後の数年間は今でも時々思い出す楽しい月日であった。

福岡支所を経て、東京営業所勤務のとき、不動産鑑定士試験に合格した。そして、住宅公庫は十三年勤めて退職し不動産の実際の智識を得るため日本勤労者住宅協会に転職した。ここも七年で退職し、福岡市で不動産鑑定業を開業した。ところが三年間の總収入はたったの五十万円で、前途多難であったが、少しずつ仕事も増えて、年収も増えてきたが、経費を引くと、住宅公庫の方がはるかに高かった。しかし、サラリーマンでは体験できない諸々のことを体験した。福岡地方裁判所の調停委員を十四年して、福岡高裁長官から表彰状も貰った。この間に日本棋院囲碁四段の免許状と明暗流の尺八の皆伝免許状を貰った。

引退を考え早良区の油山の麓に二百坪の敷地に四十八坪の古家がついているものを購入し移り住んだ。駅から二十分位掛かる不便な小さな団地の端にあり静かな環境である。晴れた日には博多湾を往き来する船が見える高台にある。

私は壮年頃より樹木が好きになり敷地に色々の木を植えている。夏は緑陰に囲われて涼しく永年の夢が叶って満足している。七十五歳で鑑定業を廃業して、九十歳の現在まで、早朝ウオーキングと日経新聞の精読が日課であり、資本労働(株式)やプロ棋士の囲碁対局を見たり尺八の吹奏をしたり俳句を時々ひねったりするのが習慣である。時々庭の手入れもしている。

平成二十二年九月（七十七歳）には一人で小型キャンピングカーで四国八十八ヶ所巡りを、二十三年五月（七十七歳）には東北四県を巡った。二十四年七十八歳のときは能登半島巡りをした。この年は妻との結婚五十年になるので記念に別府温泉に旅行した。あっという間に六十年が過ぎたという感じだ。夫婦とは不思議なもので赤の他人が六十年も一緒に住んで一番親しく一番頼りになるのだから不思議な縁だと思う。

八風吹けども動ぜず

私は住宅金融公庫広島支所に就職して間もなく課長に苛《いじ》められた。企業社会のことは何にも知らず、大学出たてで、生意気だったためだと思う。胃潰瘍になり、親指ほどの胃カメラを飲んだ。やがて企業社会のことが解かりだしたが、元来、気がきかなくて、世渡りが下手な上に理想主義的な硬骨漢であったので、評判は良くなかった。私の悪口がもれ聞こえたこともある。

私は三十歳のときに豁然《かつぜん》として悟った。他人が私を誹謗、中傷してもまた逆に賞賛しても私の実体は物理的にはなんら変わらない。誹謗、中傷などが合理的なものであれば、その時は自分の態度を改めればよいではないかと思った。何故なら、他人の誹謗、賞賛はほとんど感情的なものや思惑があってのことであり、反省したり自慢したりする必要がないつまらないものばかりである。陰の悪口というものは面と向かっては言えないようなものばかりである。従って、私は気にしないでよいと悟った。

しかし、これを気にしてエネルギーを消耗したり、睡眠不足になったり、挙句の果てはうつ病になったりする人が現実には沢山いる。こういうタイプの人は「八風吹けども動ぜず天辺の月」という禅語（仏教の禅宗の僧の言葉）の真理を十分に理解してもらいたい。

「八風吹けども動ぜず天辺の月」という言葉は私は中年になって知り、自分のほうがこの言葉より先に悟っていると内心満足した。

八風とは人心を動揺させる八種の障害であり、陰でまた面前で誹謗、中傷、賞賛その他妄想（中傷等の事実が無いのに有ると思う）などの精神の安定を阻害する諸々のことをいう。こうゆうことには悩んだらいけない。そのためには、「八風吹けども動ぜず」の哲理をしっかり会得してもらいたい。

但し、「八風吹けども動ぜず」は傲慢とは全く違うがややもすると傲慢になりがちであるから、他人には謙虚に耳を傾けて協調的でないと他人に阻害されるおそれがあるので、要注意である。要するに友人知人は少なくないが一本筋の通った人間になるということだ。自分の殻にこもって他人との妥協を拒むようでは社会生活はできない。他人との会合には出来るだけ参加したほうが良い。しかし、過度に他人と群れるから他人のことが気になるわけだから、携帯のメール等はやめたほうがよい。群れることは他人に縛られて自分の自由や信念を放棄することになる。

孔子（紀元前六世紀の中国の思想家）は論語という書で「君子は和《わ》して同《どう》ぜず小人は同《どう》じて和せず」（賢者は仲良くするが群れない、愚者は群れるが仲良くできない）と言っている。自分の信念で生きるにしてもどうでもよいことは他人の発言に反対したり批判したりすることは慎しんで他人と友好的であることが肝心である。

私の過去を振り返ると「八風吹けども動ぜず」はうまくいったので、対人関係で徒に悩むことは少なかったが、副作用で他人のことに関心が薄くなりがちになり又自分がしたい仕事や趣味が忙しくて孤独傾向になった。

退職後になって考えると過去に他人にもっとギブしていたら今頃はテイクも多くてもっ

と豊かな心になれたと思う。しかし、現在の静かなやや孤独な環境のほうが今の私には合っており徒《いたずら》に他人に煩《わずら》わされることもなく満足している。

社交と孤独との重点配分は各人が満足する割合いによるべきであり一律に決められるものではない。それはその人の気質と職業や将来の方向性によって決まってくるものであり、人生に大きな影響を与えることだろう。

馬鹿馬鹿しいこつこつ

中国の唐時代の洞山良介《とうざんりょうかい》という僧が「潜行密用如愚如魯只能相続名 主中主《せんぎょうみつようぐのごとしろのごとしただよくそうぞくしゅとなずくしゅちゅう》」という言葉を残している。潜行密用は愚《ぐ》の如く魯《ろ》の如し、只能相続するを主《しゅ》中の主と名づくと読む。潜行密用は密かに黙々と行い他人に解からないように用いること。自分の務めを目立たぬように黙々と実行することである。

自分の勤めとは仕事とは限らない。趣味でも何でもよい。愚も魯も馬鹿ということであり、こうゆう行動は時々馬鹿馬鹿しく思うし又他人から見てもそのように見える。しかし、これを続けることによって主中の主と名づけられる。と言うことはその道の専門家やベテランになれる。という意味だと解釈している。

一角の人物は一朝一夕《いっちょういっせき》には出来ない。テレビなどで政治家や医者や評論家などがぺらぺらと喋っているが、その中身が希薄で非論理的であることは視聴者もよく分っていることであり信用している人は少ないと思う。今は専門家が信用されない時代である。苦しく長い馬鹿馬鹿しく思われる努力なくしては無理である。簡単に得られる知識を喋っても他人は感心しない。

私は中年になって、サラリーマンを辞めて不動産鑑定業を始めたが、それまでのサラリーマン時代と違って、一兵卒の仕事もしなければならないし、同業者との協同作業もしながら、なんて馬鹿馬鹿しいことだと嘆いたこともあった。

しかし、この言葉を知り、本当にそのとおりだと思った。馬鹿馬鹿しかろうが続けるしか他に方法はないと思った。開業して三年間の全収入は僅かに五十万円であった。しかし、黙々と仕事の勉強を続けた。殆どの同業者があまりしたがらない山林の評価なども出来るようになった。そして、裁判所からの依頼による沢山の山林の評価をしながら更に腕をみがいた。

西洋の名言に「継続は力なりという」言葉があるが、私は「潜行密用如愚如魯只能相続名主中主」の方が説得力があると思う。この言葉は汗と涙の体験から生まれた貴重なものであるのに対し継続は力なりは小利口な人の頭脳から生まれたもののように思えて説得力がない。この言葉を残した洞山良介は中国の唐時代の禅宗の曹洞《そうとう》宗の開祖で偉い人だけど若い頃は馬鹿馬鹿しいことを黙々とこつこつとしたのであろう。例えば、お経を覚えたり座禅をしたり風呂や便所の掃除をしたり師僧の世話をしたり托鉢《たくはつ》をしたり疑問を持ちながらもこつこつとしたのであろう。

たかが趣味といえども楽しい時ばかりではなく一向に面白くなく馬鹿馬鹿しくなって止めてしまうことがある。私の趣味は囲碁と尺八（明暗流）と俳句だが習い始めて暫くは面白味がわからない。十年間位は面白味が浅いが段々と奥に進むと面白味が深く且つ疑問も湧いてきて更に進み楽しくなってくる。個人差もあり、趣味の種類にもよるが、或る長い期間の辛抱がないと楽しめない。

学業でも仕事でも馬鹿馬鹿しくても真面目にこつこつと頑張り通した人が最後の勝利者になる。勿論、成功するにはただマンネリ的にこつこつ努力しても効果は薄い。同時に創意工夫などが必要だが、基本はこつこつの努力を続けることである。

企業経営者は働く時間を短縮して収益を上げることを考えろと言うが、これは企業にとっては当然の一般的原則であるが業種によっては技術的研究や労務の研鑽がないと長期的な発展はできないものが多いのではないか。たとえサービス業であっても収益をあげるためにはそれなりの効率化や需要や競争者などについてこつこつと研究しないと競争に負けてしまう。

私は愚鈍でもこつこつと努力する人が大好きだ。こんな人には応援を惜しまない。

友人論

友人は子供の頃はとても大切であり、その影響も絶大なものがあるが、社会に出て仕事に追われるようになると、以前の友人との付合いは段々と希薄になる。そして、仕事の関係の友人、知人が少しずつ増えてくる。仕事の関係の友人は、そもそも友人ではなくて親しい知人ぐらいのものだ。

軍医総監で文豪の森鷗外は気配りの人として定評があるが、生涯、友人は幼友達《おさなともだち》一人であった由伝記に書いてある。

同じ社会人でも若いうち又地位の低いうちの方が、童心が残っているので、友人は出来やすいし必要性も高い。しかし、友人関係も結婚に似ていて、当初は冒険であり、当たり外れが徐徐に分って来る。人は社会に出て精神年齢が高くなると子供の頃のようなわけにはいかなくなる。そうすると新しい友人は益々出来にくくなる。どうすれば気に入った友人ができるか。これは自分がじっくりと考えるしかない。

友人にしたい人はどんな人かを文献より拾うと、まず、孔子（世界四大聖人）は、正直な人、誠実な人、知識の広い人、自分より優れた人を友とせよと述べている。徒然草《つれづれぐさ》の著者吉田兼好は知恵のある人、医者、物をくれる人を挙げている。詩人与謝野《よさの》鉄幹は友を選ばば書を読みて、六分の侠気四分の熱と詠《うた》っている。菜根譚《さいこんたん》（中国明時代の思想家洪自誠の随筆）は友と交わるには、すべからく三分の侠気《きょうき》を帯ぶべしと述べている。以上のうち孔子以外は正直、誠実、信用、礼儀などの徳を要件にしていない。友人の規格としてはあまり重視する事ではないということだろうか。

自分より優れた人を友にするのは相手はどう思うだろうか、上記の孔子の友人論は空想論である。そして、智識が広いので優越感を持って人を見下《みくだ》すような人とはあまり交際したくない。上記のうち吉田兼好の物をくれる人というのは現実的で効果的と思う。物をもらって悪い気がする人はいないので、これを契機にして親しくなりそうだ。ギブアンドテイクのギブが先行すべしというのが私の持論なので、そう思う。私は与謝野鉄幹の詩が大好きだ。また、菜根譚の友と交わるには三分の侠気を帯ぶべしも好きだ。侠気（男気）がゼロの利己主義者では友はできない。三分というのは控え目だけども世知辛い現代では上等ではないか。一分でも二分でもよい。七分も八分もになったら、共倒れを覚悟しなければならないし、一宿一飯の恩義に命を賭ける任侠道になってしまう。

幸運にも、侠気をもった人が友となったら自分も侠気で答えないと愛想をつかされる。学習やボランティアで共に真剣に勉強したり汗を流したりすると友人ができることがある。生死を共にした戦友の友情は深いものであろう。交友の高い密度と長い期間によって友情が湧くようなこともある。

友人は若い時しか出来難いので、チャンス到来したら、これを逸したらいけない。しかし、現実は初めから友人といえる人は居ないが知人が長い期間の間の積み重ねで徐徐に気心が知れて友人らしくなってくるのが普通だろう。ただ友情の深さはどうか分らない。そして、欠点を咎めない寛大な心で且つギブの心で接していくことが真の友人をつくることになると思う。

話のついでだが、歌手坂本冬美の「男惚れ」という歌があるが、これは正に青春の情熱と侠気と友情を歌い上げた美しい歌だ。

良い宣伝

宣伝というと日本人は良い印象よりは悪い印象をもっている人が多いと思う。武士道の不言実行の精神が残っているためだと思う。日本人は非難されたり他人に間違った主張をされても、自分は正しいのだから、釈明の必要はないと黙ってやり過ごすことが多い。しかし、外国人にはこのやり方は通じない。

少し古い話になるが、明治三十七年の日露戦争（日本とロシアの戦争）当時五等国であった小国日本が大国ロシアに勝つと考えていた人は世界には殆どいなかった。更に、当時の日本は戦争遂行に二つの大問題を持っていた。その一は、日本は貧乏で戦費が足りないので、欧米に日本の国債を買ってもらって資金を調達すること。もう一つの大問題は日露戦争が正義の戦いであること及び日本人は野蛮人ではないことを欧米人特に米国人に理解してもらうことだ。

そこで、英語達人の愛国的知識人達が米国を中心に現地で出版や新聞寄稿又は講演会を重ねて、日本の戦争目的や日本の高度な文化を説明したことによって、それまではロシア支持が多かった世論を日本贔屓にすることに成功したのである。

欧州では日本の同盟国の英国以外はロシア支持が多い中で、同盟国である強国英国の存在感は絶大であった。一方、金策の方は戦費予定額の四億五千万円のうち外国から借入予定の一億円の半分の五千万円は英国の銀行家達が用立ててくれたが、残りの五千万円は米国に頼るしかなかったが、米国人の対日感情の好転により、ゼイコフ・シフと言う銀行家が貸してくれた。これで困難と予想された戦費調達も実現した。

宣伝隊の代表は米国大統領ルーズベルトとハーバード大学の学友の金子堅太郎（福岡市出身、伯爵）であり、金策は米国に住んで苦労したことのある日銀副総裁の高橋是清であり、日露戦争の陰の功労者である。

これに比べて昭和十六年に始まった大東亜戦争はどうか。殆ど世界中を敵として平然としていた。問題児の関東軍（中国の東北部を満州といって日本の関東軍が支配していた）は政府や軍中央の命令を無視して、やりたい放題であり、そして、昭和二十年の終戦の時は在留邦人を見捨てて自分達だけ遁走するという見苦しさである。

現代ではどうか。韓国は竹島を占領している。従軍慰安婦だの歴史認識だの恨《はん》文化の花盛り。中国は架空の南京《なんきん》大虐殺をでっち上げ映画まで作って世界に宣伝し、大虐殺展示館も公開している。そして、国連では日本の反対意見もよく聞かず大虐殺展示館は文化遺産に登録されている。尖閣諸島は固有の領土だと主張して頻繁に監視船が領海侵犯している。中国は年二兆円、韓国は数千億円の宣伝費を使っている由で、ウソ悪口の宣伝を世界中に流している。ロシアは北方四島を七八年間も不法占領したままだ。

日本は政府が動くと外交上拙いと考えているのだろうか非常に弱腰であり、官邸の広報官が担当しているだけの由で淋しいかぎりだ。もし、明治人だったら、民間の愛国的知識人が韓国の歴史認識の間違い等を英訳して世界の出版やマスコミに投稿するだろう。中国についても南京大虐殺の不存在等についても韓国についてと同様なことをするだろう。ロシアについても同様である。世界の世論を味方につけなければ勝ち目はない。

現代は日本人の愛国心が薄くなり進んで日本の宣伝をしてくれる人は少ないので、実に情けなく思っていたが、平成十八年一月に「史実を世界に発信する会」（代表加瀬英明）が発足してホームページをつくり、これに先ず南京大虐殺を否定する本6冊及び慰安婦問題のウソを説明する本5冊が英訳されて掲載され次は大東亜戦争やその戦犯を裁くための東京裁判といった大きなテーマーについても取り上げてきている。東京裁判で戦犯の無罪を主張したインド国の判事パルの「パル判決書」も掲載された。

又ニューヨークタイムズ東京支局長英人ヘンリー・ストークスの「英国人記者が見た連合国戦勝史観の虚妄」の英文版を米国の大手出版社から発売させた。この会には愛国的智識人が多数参加しているので、日本を貶《おとし》めて自国の勢力拡大を図る韓国及び中国の邪《よこし》まな宣伝に次々と反撃を加えてこれらがウソとデタラメであることを世界に周知させることが可能になったので、今後が楽しみだ。これで私の永年の憂《う》さが晴れた。

私は実際の活動はできないので、会費を納めるだけの会員になっているが、心ある国民

のこの会への入会を期待したい。（会費は年一口一万円以上、電話03－519－4366）

さて、以上は国家の宣伝について述べてきたが、個人の場合も謂《いわれ》の無い中傷などには黙り込まないで適当な方法で取り消すよう交渉すべきである。また、日常的に良い意味の自己宣伝も繰り返すことによって、周囲に自分の主義主張と存在を知らしめるべきだ。ただ、時と場所を考えてしかも穏やかにつぶやく程度にして自己宣伝に対する他人の反感がないように注意した方がよい。説得調でなく小さく独り言を言う程度がよい。それを繰り返すことが効果的である。

なお前記五行の個人の記述は白状すると私が過去に体験した事件の時にこうすれば良かったと返省して書いたものである。事件とは現役のサラリーマンの時に或る者が二人で上司の収賄を毎日新聞に投書した際にその投書人として私が疑われたことがあった。

私は常日頃から自分は正しく生きているので、そのことを宣伝する必要など考えたことも無かったが、世の中は甘くないことを初めて知ったので、用心することを勧めたものである。火の用心、人用心。

お山の大将

七十年位の昔の私の体験を少し語りたい。当時全国の大学生は10万人といわれていた。東京の駿河台は私立大学が多いところで、初夏の朝は、黒ズボンに白ワイシャツに角帽の大学生で道はあふれていた。まるで白と黒の洪水のような勢いがあった。私もこの中にあり、将来について大きな不安を感じたものだ。

私は他の大学の一年を終了して、司法試験をめざして中央大学に転校して一年生になっていた。検事に成りたいが、そのためには、合格者三百人の中に入らないといけない。洪水の如き大学生の中から、三百人になるためには猛烈な勉強しかないと思った。実際は猛烈な勉強はできなくて、四年生卒業の年に受験したが、あまり手ごたえはなく不合格であった。ただ、常に兜の上に鉢巻をしめたような精神状態であった。

九州で一番の大学は九州大学であることは周知の事実である。だから、能力は認める。しかし、福岡市には同等の力がある大学はないので、どうしても私が東京で体験したような緊迫感は薄いのではないか。東京には強豪大学がひしめいているが、福岡にはないと言っていい。そこで、例えば九州大の学生は必然的にお山の大将になり、向上心が薄くなる。可視的な刺激が不可能なら統計的な数字を見て、これを脳髄に叩き込んで奮発するしかない。

日経新聞の掲載によると、英国の教育専門誌がアジアの大学のランキングを公表しているが、五十番以内に日本の大学が十一校入っている。判断基準も分らないので、大目に見ることになるが、九大は国内では十一番目になる。しかも、一位東大が七十八点であるのに九大は三十四点位と落差が大きいことは相当に問題だ。

学生の能力にこんな大差があるとは思えないので、教授の発表論文の引用回数が少ない等他の要因と思うが、主な原因は教育環境が劣ると考えざるをえないので、学生の努力は東大生以上にしなければ追いつかない。そもそも、東大自体がお山の大将になっていて、世界の大学を視野に入れると、大分色褪せて魅力が薄れている。

私が学生の頃はテレビは庶民が買えるものではないし、パソコンも携帯電話もなかった。本とか雑誌の種類も今よりはうんと少なかった。頭の中に雑音が入ることが少なかった。今は雑音や有害な情報が溢れている。勉強する学生にとっては受難の時代だと思う。

恐らく将来はテレビ、パソコン、携帯電話を持たない学生とこれを持つている学生に二分され、その中で勉強に励む者と励まない者に二分されて結局四分されることになると思う。大学は出ても優等生から劣等生まで大変な学力の格差がつくことになる。地方大学の学生はお山の大将意識に浸《ひた》ることなく眼に見えない東京の多数の優秀な学生と猛烈な競争をしているという意識を忘れず勉学に励むことを期待する。

このことは九州電力のサラリーマンにも言っておきたい。私は住宅金融公庫に就職したときに人間の実力とは何だろうかとしばしば考えたことがある。住宅金融公庫は現業を地方銀行に委託していて公庫の職員は委託先銀行の管理をするのであるから平職員でも謂わば管理職なのである。従って、お山の大将のように傲慢になる平職員もいて、電話で委託先銀行の担当者を叱ったうえで支店長を出せと怒鳴った者もいた。その地位にいたので威張ることができても一旦外に出てしまうとそうはいかない。そんなのは実力ではない。

委託先銀行の担当者はよく頑張っていて住宅公庫の職員では質的にも量的にも処理できないような仕事をしていた。私は後に独立して不動産鑑定業をするようになったら自分の実力以上の仕事は出来ないから実力と実績が一致するので、実力とは何だろうという疑問は自然に消えた。

実力や運の良さにより一流の企業に勤めていて子会社や下請の職員に威張っていても退職したらタダの人になってしまって在職中の自慢話をしている人がいるが、侘しいものだ。代議士も本当の実力者にならないで辞めたらタダの人になってしまう。技術系の現場の仕事をしていた人は退職後もその実力が世間に通用する人もいる。

実力は努力の結果であり、その人の宝である。

人間学はいらんかね

私は昭和十二年の支那事変(日本と支那といっていた中国が戦争状態になったこと)が始まって二年目に小学校に入学し、昭和二十年に大東亜戦争の敗戦の時が六年生であった。敗戦の時、担任の松岡先生が黒板に「国敗れて山河あり」と書かれたのを今だに忘れない。小学六年間でたった一つしか心に響く言葉を聞いていない。中学高校大学も全くない。当時の学校教育は盲目的で狂信的な愛国心の強制しかしていなくて真の人間教育を殆どしていない。現在の教育現場の状態はよく分らないが、有志からは道徳教育や愛国心の涵養の必要性をよく聞く。

大東亜戦争の敗戦までは教育勅語という天皇陛下が臣民に説諭《せつゆ》されるものがあったが、校長が式典の時恭しく読み上げるだけで、何のことか分らなかった。

日本には仏教があるが、本当の仏教徒は殆どいない。殺生を禁ずる仏教の徒なら、魚の踊り食いなどは絶対にしない筈だ。仏教は千年の昔から現在まで意味不明の呪文(お経のこと)を唱えるだけで、無害ではあるが左程有益とは思えない。明治時代には浄土真宗の中でお経を現代文に訳しようとした運動もあったが、完全化はされていない。千年一日の如く呪文を唱えている。

平安時代から仏教の堕落が指摘され、現代では僧自信も僧としての戒律を守るものは少なくただ漫然と昔からの伝統を維持するだけである。私も僧から心に響く説教を聞いたことは少ない。ある仏教学者は僧自身がお経の意味を理解していないという。それでは人の心に響く説教はできないのはしかたがない。創価学会は宗教団体の中でも普及活動が盛んであるが、又公明党支持の政治活動も盛んであり一心同体の特殊な団体であり信者間の親睦と勉強会で地区の幹部の家は信者のサロンのような状態である。

仏教以前より存在した神道は正月に習慣的にお参りするだけでなく合格祈願などで「神主は人の頭の蝿をおい」という川柳があるように御幣《ごへい》を人の頭の上で振ってくれたり住宅

の起工式に祝詞《のりと》を上げてくれるという形式的祈祷があるだけであり積極的な人間教育にはなっていない。

結局のところ、人間教育は本人が独学で仏教の優れた僧が残した文集や禅語集を読むことと及び孔子の論語などの本を読むしかない。他にも名言集などもある。かたくなくて読みやすい「致知《ちち》」という道徳を中心にした月刊誌もある。私も四十年位前に五年間位購読した。高校時代に私を殴ったことのある一才上の不良が、この本に尤もらしい文章を投稿してあるのを見て、あの男もかなり成長したなと懐かしく思ったこともある。この本の中味は読者の投稿が大部分を占めており、有名人から一般人まで投稿して月刊誌に掲載できる仕組みになっている。そして、掲載してある中味が人間形成に非常に役にたつし人々の生活や職業や活動状況がよくわかり面白い。

米国の素晴らしいことの一つはキリスト教があり、日曜に教会に集り牧師の説教を子供の頃から聞く習慣があることだ。子供の頃から大人の言葉を知り話し方を学び人間の生き方を学ぶので、銃社会なのに犯罪がその割りには少ないのはこの影響と思う。そして、自助を原則とする国なのに慈善や寄付が日本とは桁違いに大きく、政府の関与なしに種々の慈善的組織が運営されているのも、キリスト教の影響だと思う。鉄鋼王のカーネギーは一代で財閥を造った人だけど少年の時に給料の一％を教会に寄付していた由であるが教会の牧師から多くの説教を聞いて人間性を高めたことだろう。

日本では、自助意識が薄く共助、公助の比重が高く国の財政はパンク寸前なのにまだ甘ったれた一部の老人が自己主張をしている。日本人は仏教特に浄土系の影響からか総じて厳しさが足りない。

昭和二十年から数年間日本占領軍司令官であったマッカーサー元帥が日本人の精神年齢は九歳と言ったが、考え方によっては全く間違いとも言えない気がする。知識は程ほどに高いが精神年齢が高くないということを言っているのだ。日本人より米英人の方が精神年齢は平均的に高いような気がする。日本人も今後はキリスト教の本も勉強した方が良いと思う。

今後は、学校教育の中で仏教、論語、キリスト教その他日本や世界の偉人伝の中から心に響く話を少年少女の頭に染み込ませたいものだ。人間は専門知識や雑知識がいくら多くても人間学に長《た》けて精神年齢が高くないと幼稚で軽薄であり、オウム真理教の狂信者麻原《あさはら》彰晃《しょうこう》の魔力に操られて多数の殺人事件を起こしたインテリ青年たちのようになる可能性があり、とうてい一角《ひとかど》の人物にはなれないと思う。

精神年齢の高くない人は軽い。

かとこ

奈良の薬師寺管長の高田好胤師の説教の中で私の心に留まった言葉が「かたよらない、とらわれない、こだわらない」である。記憶するために「かとこ」と纏《まと》めた。人間は自分が意識しないうちに偏《かたよ》ったり、囚《とら》われたり、拘《こだわ》ったりするものだ。

弁護士に成りたいために自分は勿論のこと周囲の人に迷惑を掛けている人達が沢山いる。ある弁護士は「司法試験病」が流行していると自慢げに笑っていたがその人でも何回受けて合格したのか分ったもんじゃない。私の知人の弁護士事務所からその事務所に就職した新前弁護士の経歴書が時々送付されてきたが殆どの弁護士が十回位受験していた。司法試験とはそのくらい難しい試験なのだ。早く諦めたほうが良いといえるものでもないがあまり記憶力の強くない人は一～二回で止めないと拘っていることになるかもしれない。

弁護士だけではなく難しい国家試験や資格に挑戦している人も多い。昔、中国で科挙《かきょ》という役人の高等官を選抜するための試験に合格するために一生を棒にふった顎《あご》ひげを生やした沢山の老書生の話があるが、司法試験はその科挙の日本版である。

読書したり講話を聞く場合、思い込みが強い人は書かれた又は聞いた内容を丸信用してしまって、更に同じ傾向の人と交わり、偏った考えを深めてしまうことがある。

終戦後すぐから、GHQ（連合国最高司令部）の暗黙の了解のもとで、左翼の学者や有識者や日教組や朝日新聞が共産党思想を背景に、反日と反米親ソを吹聴して、お脳の弱い連中（学生も多数いた）を操り、成田空港建設の反対運動や三池炭鉱の労働争議に参加させたりしたものだ。最近では左翼の残党が沖縄基地の辺野古移設反対にも加担している模様である。

女性で情念の強い人は昔の事とか他人の行動とか過去のことに拘ることが強く未来志向が薄いことがある。迷信や虚構をいとも簡単に信用して囚われ新興宗教を有難がって他人に入信を強要したりする人もいる。以上は悪い「かとこ」の例だ。

人間には事柄によっては「かとこ」とは無関係か丸反対が必要な場合がある。昔から、奇人変人と言われる人が居たが、この人達は相当な「反かとこ」だ。同じタイプの様でも変人は香りがないのに比べ奇人は芳香の漂う人で日本文化の向上や人心に好感を与えて貢献している。節度ある良い「反かとこ」は文化、学術の進歩に貢献し、国家社会にメリハリをつけてくれる。

家族の不道徳や怠慢を放置するのはよくない。飲酒運転をする者が家族の中にいたらこれを止めさせることに強く拘るべきだ。一向に努力をしない息子には努力するように督励することに拘るべきだ。これを拘らない親は無責任の謗《そし》りを免れない。

良い「反かとこ」の条件はその人の動機に博愛があることだと思う。利己や売名のためだけの「反かとこ」は芳香がないばかりでなく家族や世間に迷惑をかける。

良い「かとこ」かまたは悪い「反かとこ」かを判断するのは簡単なような場合もあるが前記の難しい試験の場合などは簡単ではない。一定水準以上の常識と事柄を考える力が要るがそれでも難しい。辞めるべきか継続すべきかを決めるのは人智を超えた難しさがある。

しかし、具体例を色々と説明したが「かとこ」という判断基準が存在することを脳髄に記録することが大切である。脳髄よ「かとこ」を忘れるな。

桜の如く

今から七十九年前の昭和十九年に大東亜戦争は敗色が濃くなり、尋常な戦闘では挽回は不可能となった。当時の政府の指導者には優れた人は少なく又発言権もなく、実権を握った軍の指導者は殆どが愚物の事大《じだい》主義者で、国民の困窮をまともに考えている者は少なかった。

昭和天皇も憲法の制約があったとはいえ、事実上の権限は絶大であったから一刻も早く終戦に導くことは不可能ではなかったと考える。非常に困難なことだったとは思うが、天皇の責任は重いと思う。

飛行機に爆弾を吊り敵の軍艦に体当たりする特攻戦が発案されたのは昭和十八年七月であり、開戦より一年八ヶ月しか経っていなかった。特攻戦が実際に実行されたのは海軍は昭和十九年十月、陸軍は十一月であり、昭和二十年になると、主力戦法となって、五八四五名の若い特攻兵が南海で散っていった。日米開戦の時、山本五十六《いそろく》連合艦隊司令長官が二年間は頑張りましょうと言ったが、それよりも短い期間内に海軍は人命無視の戦法を考え出したのである。

特攻兵は昭和二十年になると、十七歳から二十二歳位の速成の若人が中軸で職業軍人の海軍兵学校や陸軍士官学校卒は数％であった。中軸の速成兵は志願や半強制によって、特攻兵になった。私の知人の陸軍士官学校卒の人は、特攻兵は皆勇んで出撃したと言っていたが、それは表向きのことであり、さまざまな深い思いを断ち切って出撃したのだ。

私は鹿児島の知覧特攻記念館で特攻兵の家族宛の手紙や写真を見て次の詩を書いた。

そしてこの詩に「ふし」をつけて私の下手な尺八により伴奏をしてこれに合わせて私の鉛のような声で歌ったものを録音し、福岡市の護国神社の境内で特攻記念碑の開幕式で吹奏された。その後その歌を縁があって筑豊の川崎町のシンガーソングライターが若干編曲して歌っておられる。更に田川市の詩吟の先生が詩吟様に編曲して吟詠されている。

「知覧の桜」

一
知覧に桜が咲くときに　花ならつぼみ少年の
つくる笑顔の心中は　男は如何に生くべきか
未練をおさえ強がりの　別れの手紙切々と
心の苦悶を振り切って　不惜身命《ふしゃくしんみょう》一途の健気《けなげ》さよ

二
秘めたる夢もあるものを　同胞《はらから》のため盾となり
一矢《いっし》報ゆる必死行　及ばずながら奮戦し
南の空に花と散る　その魂魄《こんぱく》は天女《てんにょ》らに
救い出されて昇天し　護国の鬼神《きじん》にぞなり給うべし

三　時は流れて幾星霜《いくせいそう》　如何なる世にもなろうとも
祖国の危難を救うため　己の命をなげうった
その名を残す特攻兵　桜の如き散り様は
桜の如き散り様は　忘れられよかああ男の義侠

さて、平和と自由の中で、自分の夢を追うことが出来る現代の青少年は本当に幸運だ。しかし、国を護るためにたった一つしかない命を投げ打った昔の若人の愛国心と侠気を決して忘れないでほしい。

自分の頭を使へ

パスカル（フランスの思想家）は「人間は考える葦である」と言っている。人間は葦のように弱い存在であるが考えることにより運命にも抵抗する力を持っているという意味である。

学生時代は自分の頭で考えていても、社会に出て一段落すると、先例や慣習や約束事が優先されて段々頭は使わなくなる。そして、仕事や付き合い等で疲れても来る。自分の頭を使わなくて済むならそうしょうと思うことが多くなり、仕事も習慣的、定例的になる。やがて、退職の頃は気力も思考力も失くして、退職して暫らくするとボケが始まる人もいる。

私は住宅金融公庫に就職してからも先例や慣習には安易に妥協せず、極力自分の頭で考えたことを主張して上司と喧嘩したこともある。東京営業所に勤務していたとき男の客が来て銀行に融資を断られたという。

建築予定の土地の土地登記簿に明治時代の三千円の抵当権が付いているのが理由である。住宅公庫ではこの場合は融資できないという通達を受託機関の銀行に通知していたので銀行が断るのは当然である。私が勤務していた東京営業所は業務を受託金融機関に委託せずに直接現業を行うところであるので、私はこの場合は断るのはおかしいと判断して課長に相談したところ、了解してくれて、融資した。男の客はその結果を聞いてぼろぼろと涙を流した。通達違反を共謀した私と課長の無頼漢的侠気により二人の間には密かな友情が生まれた。

それから、二十年程経ってから、新聞に住宅公庫は土地に古い抵当権が付いている場合でも融資することになったと掲載された。私たちは二十年早かった。又、日本勤労者住宅協会に転職して用地課長のときに川崎市の広大な山林を住宅団地にするために用地である山林を仲介業者に依頼して買収を始めたが、進捗《しんちょく》が遅いので調べたところ、そこは山林分譲地であり、五十ヘクタール位の中に三百人位の所有者がいるが、仲介業者が所有者からも手数料を貰おうとするので、買収が進捗しないことが推測されたので、上司と相談したとき反対者もいたが、手数料は所有者からは貰わずに住宅協会より相手の分を含めて六％を仲介業者に支払うことにしたら買収が進みだした。全部の買収ができなくなり事業が失敗する危険を避けることができたと思う。

私はその後福岡で不動産鑑定業を始めたが、頭が痛くなるほど考えぬいて結論をだすことが度々であった。不動産鑑定評価には抽象的大原則はあるが細部に亘る具体的な規則も基準も無いので、自分の頭で合理的結論を考えるしかないのだ。又、十四年間裁判所の調停委員もしたので、これも頭をよく使った。現在でも、日経新聞を毎日三時間弱は精読するので頭脳の衰えは少ししか感じない。

現代の日本人の過半は、特に頭を使わなくてもよいと思い又、他人がどうなろうと関心も少ない。総じて平和ボケの状態である。

百歳以上の老人が六万人もおり只でさえ負担の多い七十歳以上の老人の敬老祝賀会を催しても誰も異議を言わない。私はその必要性がないと通知して欠席している。肉親が死亡したとき「喪に服するので年賀状を遠慮する」と通知する人が多いが、私はそんな通知は出さない。喪に服するとは空嘘《から》であり正月という公的祝事と私事の混同はおかしい。

商人に誘惑された無駄で虚礼の結婚式や葬式が続いているし日本中にこの類の不可解な事例が多い。日本人は先例や慣習に無意識に従っている人又はおかしいと思いながら異義を言うのは角《かど》がたつので、断ることが出来ない人が多過ぎる。これではさっぱりした社会にはならないし痴呆症も増える。頭の柔らかい若い内から常に改革の心を持ち考える習慣をつくることが望ましい。改革心はボケ防止の特効薬だ。

人身にうまるるは

地球は47億年かけて酸素や水をつくり緑豊かな大地となった。天文学者によると宇宙の中に酸素や水を持つ地球のような星は見つかっていない由。無数の星の中で動物が住める地球に産まれた稀な幸運を先ず思わなければならない。

或る僧は「人身《にんじん》にうまるるは梵天《ぼんてん》より糸を垂らして大海の底なる針の穴を通すが如し」と述べている。地球に何百万種の動物がいる中で人間に産まれることの不可能に近い難しさ、有難さを述べている。私はこの文章を思い出す度にミミズやゴキブリに産まれなくて人間として存在していることは良かったと単純に思う。そして、動物界の王である人間は下の動物を徒《いたずら》に殺生してはいけないと思う。

同じ人間でも日本という素晴らしい国に産まれた幸運は本当に有難いと思う。年中暑いアフリカや極寒の国々は勿論のこと政情が安定しない中東、更に欧米と比べても日本はバランスのとれた国だと思う。欠点の無い国はないので日本にも改めるべき事は沢山ある。しかし、総体的にみて、世界一の幸福な国だと思う。以上のように重層的な幸運の中にあって、このことを実感することなく生きている人又は不平不満の多い人は不幸な人だ。

珍しい話なので紹介しておくが、鳥取県や島根県は浄土宗や浄土真宗の熱心な信者が多いところでその中に妙好人《みょうこうじん》といわれる人が居る由である。妙好人は何が起きても何を見ても仏の慈悲と受け止め感謝するのが共通的特徴だそうだ。働き者で余力があれば他人に献身するという人もいるが、無気力な人も居る。仏教学者の鈴木大拙が世界哲学者会議で発表して有名になった。妙好人はやや狂信的な人であるが、人生を生きるうえで参考にならないことはない。良いことは誰からでも学びたい。

感謝心があると満足感がにじみ出て自然に幸福感が湧いてくるものだ。そうすると顔が明るくなり人に好感を持たれるようになるので更に満足感が増すようになる。顔が暗い人は悩みがあるからだが、悩みが心の病気である場合は、心の修養をして悩みを解消することは可能であるが、感謝心を持つことはその一助となりうる。心の感謝心を根付かせる修養は心の段階まで深めないで、頭だけで理解しても困難である。さて、私は毎日、神棚に向かって、日本人に産まれて感謝しますと念ずることを習慣にしているがこれもよいことと思っている。

私は心の病も薬だけでは良くならないと考えている。薬の服用と平行して幼稚な心、利己的な心を直すことが必要と思う。自己嫌悪や孤独感や不幸感その他人間関係の蹉跌《さてつ》や職場での不満など病の原因は多種多様であろうが、自己嫌悪については先祖から受け継いだ遺伝子によるものであり、自分には責任はないとわりきると多少なりとも効果があると思うし、先祖も他人より優れた遺伝子も残してくれているはずだから他人より優れたものを探したらきっと見つかると思う。

孤独感は暇でよくないことを考えるからであり、趣味を作ったりして新しい刺激や知人を増やすと自然に消える。不幸感はもっと不幸な人を想像したり実際に体験するためにボランティアに参加したりすると困っている人が沢山存在していることが分り、その他人のことが気懸かりになり、利他心が目覚めてきて自分のことを考えることは少なくなるだろう。人間関係は本著十頁の「八風吹けども」を参酌されたい。職場の悩みは職場にいる世話好きの親分肌の先輩に相談すると良い解決策を教えてくれると思う。

選択は難しい

人生は努力や能力や性格や容姿や財産や運命等々によって決まるが、選択によって決まると強く意識している人は少ないが、森鴎外《おうがい》翻訳のスペイン人のグラシアン著「慧語《けいご》」は「人生の大半は如何に選択するかで決まる。その際に必要なものは的確な判断力である。選択の能力とは天与の素質の中でも最も重要なものの一つである。」と述べている。

人生の大半が選択で決まるというデーターでもあるのだろうか聊《いささ》か疑問であるが、自分の身に振り返って考えてみると確かに選択は重要な要素であることが肯《うなず》ける。重大な事柄の選択については必死に考え、或る事柄を選択した後の利害得失を将来に向かって分析することが最低限必要であろう。分析の過程では他人の意見を聞くことも有効と思う。しかし、必死に考えても結果は必ずしも良かったと言えない場合が多いのではなかろうか。

結婚は冒険なりと言うのが通説であり、選択の中でも難しい方だと思う。「慧語」を翻訳した森鴎外は夏目漱石と並ぶ文豪といわれる人で「欧外全集」を読破すれば大学の文学部を卒業する位の力がつくといわれたものだ。その欧外を出汁にして選択の難しさと重要性を実感してみよう。

森鴎外の妻「志げ」は母が勧めた妻とはいえ悪妻で通っており嫁《よめ》姑《しゅうとめ》問題で欧外は随分と悩んだ由であるが、「慧語」の翻訳までしておきながら皮肉にも「慧語」の言う天与の的確な判断力がなかったという結論にならざるをえない。それは結婚の選択を誤ったからである。しかし、現代と違って大家族の中で年齢差十九歳もありお互いにバツイチの結婚は欧外ほどの人でも結婚の選択は難し過ぎた。結婚についての失敗は偉い人でも沢山あり凡人と特に変わらないと言えそうだ。

さて、話は変わるが、明治三十七年の日露戦争では脚気《かっけ》が猛威をふるって苦しんだ兵隊は、戦闘で死傷する兵隊と同じ位の数に上った。当時の兵は農村出身者が多く普段は貧乏で白米飯を食べられなかったが、軍隊に入隊すると白米を食べられるのが大きな楽しみであった。

海軍では軍医総監の高木兼寛《かねひろ》が脚気は白米を食べるのが原因では無いかと推測し、兵が嫌がるのを説得して米麦飯に改めて何十日かの実験遠洋航海を行った。その結果脚気の死者は一名程度と大激減した。

一方陸軍では海軍の実験航海の良い結果を知ったが、軍医総監の森欧外は原因が分らない限り、海軍の真似は出来ないと米麦飯を採用しなかった。そのため多数の兵が脚気に罹り苦しんだり死亡した（吉村昭著白い航跡）。

ここでも欧外は選択を誤った。この場合の選択は配偶者選びよりもはるかに易しいと思うが十二歳で東大に入学して文豪、軍医総監にまで上り詰めた天才が何故誤ったのか不思議である。推測するに欧外の心に去来したものは経験主義の軽視や対抗心等不純な心でありこれが理性を凌駕《りょうが》したのではないか。いかに天才でも心の修業は別で仏教の悟りの境地（偏らない囚われない拘らない）に到達していなかったのではないかと推測している。

高木兼寛は軍医として英国に留学して英国の進んだ医学を学んでいるが英国流の経験主

義者でもあった。当時の日本の農村では貧しくて米飯は食べられなかったので脚気はないし、米をあまり食べない英国にも脚気がないことを知っていた。欧外もこの位の知識はもっていた筈であるがドイツ流の科学の原理主義者でありそれに加えて高いエリート意識が経験主義を馬鹿にした結果ではないのか。

日本には元々漢方医学という経験主義の永い伝統があった。欧外は津和野藩の御殿医の家に生まれたが東大医学部を卒業すると直ぐ軍医としてドイツに四年間留学したので、日本の伝統的な漢方医の経験主義を理解しないまま軍医のトップの座に昇りついたのだ。

欧外は文豪という一兎を得たし軍医総監という二兎も得たように見えた。しかし、高木兼寛は完璧な軍医総監であったが、欧外は軍医総監としては中途半端に終わった。欧外は二兎を得ることは出来なかったが文豪という一兎は得たので流石というべきだ。二兎を追うものは一兎を得ずというが、これは凡人には通じても欧外には通じなかった。

因縁《いんねん》話はまだ続く。兼寛の流れを継ぐのは順天堂大学であり、欧外の流れは東京大学である。天皇陛下の心臓手術をしたのは三年浪人して日本大学医学部に入学した順天堂大学の天野篤《あつし》教授である。本来なら天皇の侍医は東大教授であるが、手術事例の圧倒的な経験を持つ天野教授が東大病院において錚々《そうそう》たる東大教授に囲まれて手術を行い話題になったのは二十年位前のことだ。

耳学問は馬鹿にならない

耳学問という言葉がある。世間には学歴も無いのに利口な人がいるし、高学歴の人であまり利口でない人もいる。簡単に考えると、先天的に利口か利口でないかの違いとなるが、勿論それもあるだろうが、後天的なことも考えると私は他人の言うことを真剣に聞く力の差が累積するものと考えている。

聞く力は先ず他人の話を真剣に聞こうとする意思と謙虚さと集中力があり、次に冷静さと理解力が必要であり、その次は有益な情報と無益な情報を選別する能力があり、最後には有益な情報を記憶する力が必要である。私の経験によると、人の話を真剣に集中して聞く人は一段落した後の質問も鋭い。話をよく聞いているから、良い質問が出来るのだと思う。

他人の話をよく聞かず、話を遮ったり、話が終わってもいないのに質問したり自分が喋りだしたりと落ち着きのない人が結構多い。こうゆう人は上司の話を聞き漏らして上司の指示を忘れて督促されて気づいたり、そんな指示は聞いていないと空吹《うそぶ》く始末で上司の信頼を失くしてしまうことになる。

私が課長のころ、部下に新制中学卒で私の指示を真剣に聞く男がいたが、後に二十歳台で司法試験に合格し、現在弁護士をしている。司法試験は現在と違って小学校卒の学歴で受験できたが、中学卒で合格とは珍しい。もう一つ、逆の意味で印象に残っているのは大学卒であるが、縁故で入社した男がいたが、私の指示を聞き漏らし仕事の期限を遅延して督促すると気づく者がいた。

昔の話だが、甲斐の国に武田信玄という大名がいた。この人は越後の上杉謙信とともに戦国時代の前期には戦国の両雄といわれ、まだ強力でなかった織田信長や徳川家康が恐れて高価な物を贈って機嫌をとったという軍略家である。又、若い頃は策略を用いて父親を追放して領主に納まった親不孝者であったが、意外にも、戦略や戦術については重臣達に自由に議論させて本人は黙って聞いているだけで、議論が終わって、結論を決めた由である。

上杉謙信が部下には一切頼らず毘沙門天に参篭して独断専行した天才振りとは対蹠的だ。日ごろ武田信玄は家来の子弟を集め教育していたが、信玄は、真剣に聞く子は必ず伸びて将来は有力な武将になると予言している。昔は情報を得る方法が限られていたので信玄のような偉い人の話は真剣に聞いたと思うが落ち着きのない子もいたとのことである。信玄は教育をしたうえで人材抜擢《ばってき》をしたので、戦国最強といわれた騎馬軍団が育ったものと思う。

聞く力は前述のとおり幾つもの要因の総合力であるが、読書力も殆ど同じ要因からなるので、情報入手の基礎は共通していることになる。他人の話を良く聞いて得た情報が読書等から得た情報や体験から得た情報と渾然一体となって情報のネットワークができあがり一生の間には耳学問や読書をあまりしない人と比べて知的財産に大差が生ずることとなる。

最後に耳学問の偉人塙保己一《はなわほきいち》（一七四六年産）という大学者を紹介しておきたい。塙は幼い頃に失明したので鍼灸《しんきゅう》と音曲で身を立てようと十五歳で江戸の雨富検校《けんぎょう》（盲官の最高位）に入門したが、鍼灸にも音曲にも才能がなく絶望しここを辞めたいと師匠に言うと三年間は面倒見るので好きな学問に打ち込めと言われ、隣に住む旗本の応援もあり親切な上流階級の女性が現れ色々な本を読んで聞かせたところ一度聞いたことは全部覚えてしまうという驚異的な記憶力の天才であることが判明した。

師匠は塙の異常な才能を認め、様々な学問即ち国学、漢学、神道、法律、医学、和歌を賀茂真淵らの学者について学ばせた。その後幕府の保護の下で和学講談所を建ててここで講義しその門下生には多数の碩学《せきがく》を輩出した。学者として有名だった平田篤胤や頼山陽その他多数の学者が門下生になった。

盲目の身でありながら源氏物語などを講義しておりその記憶力と博学は驚異的天才ぶりであるが、その能力を生かして散逸《さんいつ》の恐れのあるわが国の膨大な古書や記録や手紙にいたるまで様々な資料を集めて編集した「群書類従《ぐんしょるいじゅう》」五百三十一巻という膨大な叢書を出版した功績は正に絶大である。

この作業は塙が三十四歳のときより四十一年間を要し七十四歳に出版された。そして幕府の将軍にもお目見えが許される総検校に出世したのである。手がけた「続《ぞく》群書類従」一千百五十巻の出版を見ることなく死亡した。享年七十五歳。正四位を追贈されている。正四位と言う位はたしか徳川御三家の水戸光圀と同じ位であり、幕府が塙の功績をいかに高く評価していたかが分ることである。

群書類従はドイツ博物館やベルギーの図書館やアメリカの大学にも贈られている。因みに群書類従の版木は重要文化財に指定され、塙の出身地埼玉県本庄市には銅像が建立されている。

日本伝統文化の基盤

日本伝統文化を形成している基盤は何だろうかと考えてみると神道《しんとう》と仏教と儒教《じゅきょう》（論語）と武士道であると思う。他にも貴族や庶民より発生した和歌や能、歌舞伎などの文芸や芸能も在るが浅学菲才の私はそこまでの考察はできない。

日本は古来より山川草木など自然の至る所に神が宿っているという自然信仰があった。ユダヤ教、キリスト教、イスラム教のような一神教ではなく八百万《やおよろず》の神《かみ》が共存するのが日本国である。礼拝の対象は自然であり自然に向かって災いを避け福を招くことを祈念した。従って現在も神道には教義も経典もない。祝詞《のりと》は祭りや祝事の際の祝言である。歌人西行法師が伊勢神宮に参拝した時に「なにごとのおはしますかは知らねどもかたじけなさに涙こぼるる」と神道の本質を詠っている。

奈良の三輪山の麓にある大神《おおみわ》神社（祭神大国主神《おおくにぬし》）には拝殿しかなく神を祭る本殿はなく神は三輪山に宿っている。山中の大きな岩（盤座《いわくら》）に神が宿っているという盤座《いわくら》信仰が昔からあったがこれにいつの頃からか大国主命《おおくにぬしのみこと》という人格神が宿るようになったのである。

六世紀に仏教が中国より伝来して神道派の物部守屋《もののべのもりや》と仏教派の蘇我馬子《そがのうまこ》が争い物部守屋が殺され仏教は承認されたが七世紀になると神と仏の信仰が折衷され融合する神仏習合《しんぶつしゅうごう》という言わば神と仏の結婚が成立し遂には国東半島の宇佐八幡宮の祭神の八幡神が東大寺建造の応援に出かけたのでそのお礼のために東大寺に僧形八幡像が祀ってある。後に名前も八幡大菩薩と佛名になっている。無口な夫である神が嫁入ってきた仏教という講釈の多い嫁の尻に敷かれた姿になっている。そして大寺には仏を守る神を祭る神宮寺という寺が建てられている。

キリスト教やイスラム教などの一神教の排他的で争う態度とは大違いである。世界ではこんな和の国はないと外国の智識人が言っているが、小説家の司馬遼太郎は日本人は思想を持たないので無思想という思想を持っていると言う。確かに神道にしても仏教にしても大多数の日本人は深く信用していないのではないか。日本人は愚かではないので程ほどの付き合いをしてきたものと思う。しかし、島原の乱のキリスト教徒や隠れキリシタンの信仰の一途さや戦国時代の浄土真宗の一向一揆の情熱の基となるものは思想ではないか。このように真剣に取り組む魅力のない対象に対しては一見無関心に見える態度となるのであり、日本人は思想を持たないという指摘は全くの的外れとは言えないが、それは対象によって異なると言うべきであり、それとともに争いを好まない和の心を持っているからだと思う。

どうしてそうなったのか理由は判らないが、自然が豊かで海の幸山の幸が豊富であり原始時代の人口を養うには事欠かないので取り合うための争いは必要なかった。

海に囲われ外敵の侵入は中国を支配していた蒙古の元王朝の大軍が二回博多湾などに押し寄せてきた時に神風と言われた台風の応援と鎌倉幕府の指揮のもとで勇敢な九州四国等の武士により撃滅した時以外には無く、八百万《やおよろず》の神や慈悲深い仏教の下で殺生を慎み農耕を営み菜食主義を通してきたからではないかと思う。

次は仏教に移りたい。仏教は紀元前《ぜん》五世紀にインドのシャキャムニ（釈迦）が興こし紀元前《ぜん》二世紀に中国に伝えられた仏教は正確な翻訳が困難ななかでインドと中国の文化の違いも影響して中国古来の儒教《じゅきょう》や道教《どうきょう》の混じった中国風の仏教になりこれが六世紀に日本に伝来した。その後も中国ではインド仏教の研究も進んだが中国化した中国仏教であることに変わりはない。

日本で古い仏教の団体は奈良時代の六宗であり三論宗、成実宗《じょうじつしゅう》、法相宗（薬師寺、法隆寺）、倶舎宗、華厳宗（東大寺）、律宗（唐招提寺）であるが、これらは仏教の学問的研究グループで後世の宗派ではない。

その後平安時代に日本で最初の宗派として天台宗（開祖最澄、比叡山延暦寺）次に真言宗（開祖空海、高野山金剛峯寺）が中国より伝来し栄え、鎌倉時代には禅宗の臨済宗（開祖栄西、京都建仁寺）と曹洞宗（開祖道元、福井永平寺）が中国より伝来した。

それより前の平安時代に輸入ではない日本発の新興宗教の浄土宗（開祖法然《ほうねん》）と浄土真

宗（開祖親鸞《しんらん》、京都本願寺）が興り栄え鎌倉時代には日蓮宗（開祖日蓮《にちれん》、身延山久遠寺）が興った。その後黄檗宗、時宗、融通念仏宗などが興ったが特筆すべきは昭和五年創設の創価学会（元日蓮正宗の信者団体であるが平成二年独立）である。昭和三十一年の仏教宗派数は百七十だが大宗派は以上に述べた宗派である。

日本仏教の特徴を簡潔に述べると先ずインドの釈迦の仏教ではなく中国伝来の中国仏教であることは前述した。

次に仏教は護国思想を持っていた。奈良仏教は一部貴族や国家の鎮護の仏教であり一般人には何の関係もなかった。その後の仏教諸派も国家鎮護の名のもとに時の権力に接近した。日蓮宗の開祖日蓮は幕府に接近して日蓮宗を広めようとしたが断られ島流しの刑を受けたり死刑にされそうになったりした。例外は曹洞宗の開祖永平寺の道元である。幕府からの友好的要請を断って自力の道をとった。浄土真宗や浄土宗も自力の道であるが権力に近づくルートを持たなかったためと思う。

第三には仏教には呪術《じゅじゅつ》の要素がある。殆どの宗派が呪術祈祷《じゅじゅつきとう》を演じて人々に歓迎された。雨乞い、病気治癒、戦勝祈願等々が唱えられた。仏教伝来のときに人々に関心があったのは仏教の教義ではなく異国の神である仏像が災厄防止や幸福増進に役立つかという点にあった。葬式の時の読経は日本語に直さず漢訳の経典をそのまま読誦《どくじゅ》するので聞いている人には全く分らないので呪文の一種と言えよう。初めは僧侶の修業道場であった寺院は祈祷所になり菩提所（葬式や追善供養などを行う寺）になって現在に至ったのが一般的傾向である。

第四に死者の儀礼が盛大なことである。葬式、法事、盆、仏壇、墓等々死者の儀礼があるが、これ以上は省略する。

第五に仏教の妥協性がある。日本では神と仏の関係は外国のように深刻な問題にならなかった。神道と仏教が共に寛容であり妥協が進み神と仏は本来同じものでありそれが日本では神として現れたと考えるようになった。インドから中国に伝来したときも仏教は中国の道教（老子の教え）、儒教（孔子の教え）と結びつき適応した。

第六に日本仏教は形式主義であった。日本人は一般に宗教に真正面から向き合う真剣味が足りない。仏教の教義や生活態度を学ぶより先に寺院を建て仏像を作り儀礼を営むことを覚えた。寺詣《てらもう》では行楽でありついでに信仰もという軽い気持ちである。日本では宗教改革と言えるほどのものはかってなかったので、前近代的な形式的な教団が現在も続いている。

英国人の歴史家アーノルド・トインビーは日本仏教が日本人にどのように受け入れられたかを知識人に尋ねたところ否定的回答が多かったようだ。日本人は思想的に神経質ではないのでありのままを受け入れ教義や倫理は日本人の心に響くものを取捨選択して受容したので、日本仏教が純粋性に欠けたり土俗的であってもあまり気にしない。

しかしながら、自力本願の禅宗が武士階級に与えた影響は絶大なものがあった。特に禅語は武士道と通じる思想があり武士の精神形成に大いに貢献した。つまるところ日本人が求めまた容認した多種多様なものが現在の仏教を形成して残存しており日本文化を構成している。

近年は外人の仏教研究者が増えているがそれは一神教のキリスト教の攻撃性に比べ仏教

の寛容性などが魅力になっているのではないか。但し外人の研究している仏教は釈迦の開いた原始仏教が中心であり、外形重視の日本仏教ではないだろう。

キリスト教と仏教は教義においては仏教のほうが優ると考えるが、キリスト教界と仏教界の取り組みはキリスト教界のほうが優っていると考える。例えて述べるなら、あまり立派とは言えない教材をもって教師が上手に生徒を教え導いて成果をあげているのがキリスト教界であり、立派な教材を持ちながら教師が優秀とは言えない生徒の気を引こうとして物まねをしたりお笑いを演じて真面目に真の仏教を教えてこなかったのが仏教界であると言えよう。

次は儒教を概説したい。先ず儒とは柔和なことと武に対する文のようなものだ。儒教は中国の孔子（紀元前六世紀）を祖（正確には儒教の集大成者）とする教学であり四書五経《ししょごきょう》を教典とする。この中で有名なものが四書の一である論語（孔子の言行を弟子達が集めたもので孔子研究の基本書）であるが日本には仏教より百五十年ほど早く伝来した。日本では宗教の部分を除いた儒学が普及した。仏教ほど国民に浸透していないが、江戸時代より武士階級を中心に普及し昭和二十年の敗戦まではなんとか続いたがそれ以降は衰退した。論語は道徳が中心であるが人としての生き方が示してあり極めて現実的人間的である。仏教が心を問題にするのに対し論語は心より現れる道徳である仁義礼知忠信孝悌などを対象とする。先祖の血肉となりバックボーンをも形成したものである。論語の具体的内容については項を改めて述べたい。

次は武士道について書く。初め武士は侍と呼ばれた。武士の起源は平安時代の中頃の平将門《まさかど》あたりとされる。天皇や藤原など権門の子孫であるが中央政府に用いられなかった者が地方にくだり豪族となり勇猛果敢な家子郎等《いえのころうとう》を養い増やし勢いをつけ、やがてその中から武家の棟梁となった源頼朝が鎌倉幕府を立てて武家政権をつくり封建制度が始まった。

武士は農工商の三民の上に立つ特権階級となり戦闘員と行政官を兼務するようになり名誉と特権をもつようになるに従い責任や義務も必要になり武士階級共通の規範《きはん》として武士道が何百年の間に自発的に醸成された。武士道とは武士の守るべき掟《おきて》として求められ教育された道徳である。武士道は書かれたものではなく「書かれざる掟」であるだけにサムライの心に刻み込まれ強力な拘束力をもったものである。

無形の道徳である武士道が数百年も継続したことは真に驚異であり、武士が支配階級であったため日本文化に与えた影響は計り知れない。外国には質的、量的、期間的に武士道に匹敵するような道徳の存在を聞いたことはない。武士道の内容については項を改めて述べたい。

八徳は新しい

不徳のいたすところで・・・とよく言われるがその徳とはなにか。孔子（紀元前六世紀の中国の思想家世界四大聖人）の言行を書いた論語によると仁義礼知忠信孝悌《てい》を八徳という。昔は滝沢馬琴著の「南総里見《なんそうさとみ》八犬伝」で八徳の玉を一個づつ持った八犬士が協力して里見家を再興するという物語が有名である。因みのこの本は二十八年間もかかって完了した。

ヤクザを任侠と言い、挨拶することを仁義を切るといい昔は庶民まで儒学（代表は論語）の教えが浸透していた。私は八徳の言葉が好きで八徳を墨書《ぼく》した額を座敷に架けている。

仁とは孔子が最高の徳目としたもので、天皇の名前には明治天皇の父である孝明天皇は統仁《おさひと》、明治天皇は睦仁《むつひと》、大正天皇は嘉仁《よしひと》、昭和天皇は裕仁《ひろひと》、今上天皇は明仁《あきひと》、皇太子は徳《なる》仁《ひと》と仁が用いられている。論語によれば仁とは一語では表せない広い意味をもった言葉だが、誠実、義、礼、愛、謙孫、信、恭などを内包しており強いて一言で言うと良心であり、修身コースの最上級に位置している。しかし、他人に広く施し多くの人を救うのは聖という仁の上に位する。

義は正義、道義、大義という意味で現代と同じである。礼は礼儀、礼法、祭礼、規範と幅が広く現代より広い言葉である。知は知る、知恵で現代に同じ。忠は真心、忠実という意味である。信は誠実、信頼、約束を守る、信義、信用と現代と同じ。孝は孝行で現代に同じ。悌《てい》は兄や年長者によく仕えることである。

論語は紀元前五百五十二年に生まれた孔子の発言を漢時代の初め紀元前二世紀に集大成されたものらしい。江戸時代は武士から教養のある庶民まで論語の素読《そどく》会が流行したが、明治には西洋文明が怒涛の如く輸入されたが、和魂洋才と称して論語の素養のある人は多く居て大東亜戦終戦前までは論語の伏流は続いた。戦後はアメリカ文化の濁流に会い、戦前のものは皆否定される有様であり、現在では論語を知らない大人がいるようだ。

儒学も神道や仏教と同じく建物等の外形が残っており、東京都文京区の湯島聖堂や長崎市と佐賀県多久市には孔子廟がある。湯島聖堂では今でも論語の素読会《そどくかい》や研究会が頻繁に催されているので、長崎市や多久市でも同様なことが催されているだろうし街中では論語研究会もあるので特定の人達には論語は引き継がれている。

論語は本場の中国の政府が三十年位前までは否定していたが、その価値が認められ現在では、孔子崇拝を奨励している。

論語は封建制道徳として食わず嫌いされているが、論語の中には現在でも全く通用し何らの修正も不要なものが沢山含まれている。今後も人間社会がある限り通用するものと確信する。何しろ、二千五百余年前の思想であるから、論語には「女子と小人《しょうにん》とは養い難し」（女性と庶民は扱いにくい）というのもあるが、これは、女性蔑視として、今時は表向きは通用しないが、現代でも堂々と通用する項目は沢山ある。

論語に近づくには知的好奇心を発揮して、西洋ではモーゼの十戒の殺人、姦淫、盗みなどの幼稚で単純な自然法（人間の本性に基づく普遍的な法）しか無かった原始時代に孔子は徳という修身の思想を持っていたということに先ず驚き熟考することである。そして、少し読んでみると論語の一部は現代でも時と所を越えて通用する自然規範であることに気づく筈である。私は論語は現代でも洋の東西を問わず修身の基本書であると確信している。

カビが生えたような徳目と言う食わず嫌いの人に聞きたい。それではどのような徳目があるのか。論語のような深く多岐に亘る徳目を提示できる国はどこにも見当たらない。日本人が世界の人達から礼儀正しいと評価されるのは論語を真剣に学んだ先祖が累積させて形成された社会の規範や慣習のなかに住んでいるからであるが、徳目がなくても痛痒を感じない人が増えたら日本は道徳の退廃した国に堕ちてしまう。

最近愉快な現象が米国で起きている。ハーバード大学といえば日本の知的な青壮年の学徒の憧れの大学であるが、そこで孔子、老子（道教の祖）、の関心が高まっている由である。キリスト教では救えない悩みの解決を儒教や道教に求めているのである。ようやく西洋文明の限界が露呈しだしたということか。軽薄で幼稚な日本人の極端な西洋文明崇拝が間違っていたということが明らかになる日も近いと思う。

日本伝統文化は世界一

日本は世界有数の文化国家だと思っている。いや世界一かも知れない。何故なら優越感の高い白人は自国文化の有りっ丈を宣伝している筈だけども今迄に見聞したものでは日本のものより優れたものもあるが、幅の広さと深さを総合すると日本文化には及ばないと思う。

徳川幕府が消滅して封建制度は終わり、明治維新により士農工商の身分制度はなくなり四民平等の社会が出現した。職業の選択も自由となった。しかし、明治の主産業は農業であったので、父を中心とする父長家族制度は残った。相続も男子の長男が父の全財産を一人で相続する家督相続であり他の男子は相族できなかった。女は権利能力の主体になりえず、無能力者と同じ法的立場であった。家長が強大な権力をもち家族員はその支配と統制と庇護のもとに生活した。

昭和二十年に大東亜戦争が敗戦となり終了すると戦勝国によって日本は占領されたが、戦勝国の代表機関である連合国最高司令部（GHQ）によって欧米先進国で当然のこととされた民主主義や自由、平等の思想や制度が導入されて、明治以来の古い体制は一掃され日本もようやく近代国家になった。

しかし、現在の世相をみると米国等の文明に圧倒されて日本の伝統文化を知らないで何らの違和感もない幼稚な人々が溢れている有様である。明治維新の開国の際に明治天皇がこれでよいのかとご下問されたくらい西洋文明が流入し始め、昭和二十年の敗戦により更に粗野で幼稚な米国文化の濁流が怒涛のごとく流れ込み日本固有の文化は陰がうすくなり中には消滅寸前のものが多い。

「国破れて山河あり」というが敗戦というものは敗戦国の文化まで戦勝国の文化に取って代わられるものだと開戦当時の指導者は考えていただろうか。

日本政府文部省は近年まで外来文化の闖入を指をくわえて見ていただけで何もしなかっ

た。ようやく小学校などで柔道や剣道、尺八や琴、三味線を教科に取り入れることになったが、尺八などは教える先生がいないということで実施している所は少ない。グローバルが大切ということで日本語を碌に話せないのに英語を教科にしょうとしている。それは教育の指導者層が既に無国籍人になっているのである。グローバルは大切でも自国文化を護るほうがもっと大切である。総理大臣や文部大臣は自国文化について深い哲学と固い信念をもった重厚な人物がならないといけない。

日本伝統文化の個々の類形は相撲、柔道、剣道、弓道、俳句、和歌、書道、古典文学、茶道、花道、神楽、能狂言、歌舞伎、日本舞踊、落語、雅楽、琴三味線、謡曲、浄瑠璃、日本庭園、盆栽、神社仏閣や城郭の和風建築、和服、日本食等々あるが、細分類すればもっと沢山ある。その全てが奥が深くて永年の努力を必要としている。

従って、素人は敬遠する人が多く、幼稚で粗野な外来文化に嵌《は》まる人が多い。しかし、これは永続性が少なく一時のストレス解消法的なもので文化の名に値しないと考えれば問題にすることでもない。ただ本来の日本文化の良さを理解できなくてこれを継承しようとする人が少ないのが問題だ。日本人は精神が遊離して無国籍人になろうとしているのか。

日本文化を支える基盤は太古から受け継がれた自然崇拝の心を体現する多神教の神道《しんとう》と中国から輸入された仏教や日本発生の浄土宗などの新興仏教や孔子の教えである儒教《じゅきょう》とこれらを取り込んで独自の文化を形成した武士道であろうと思う。

外人新聞記者会の会長である英国人のヘンリー・ストークスは「日本は世界でも類を見ない洗練された平和な文化を育んできた国でありこれほど素晴らしい歴史と文化を持った国は他にない」と思うと絶賛している。その他多くの外国人の知識人が同趣旨のことを述べている。

特に米国人のドナルド・キーンは日本文学を研究し英訳して世界に紹介した功績により外人では始めての文化勲章を受章し、日本古典文化に惚れこみ遂に日本に帰化し、日本の文学や伝統文化を研究した。国粋主義者の三島由紀夫とは親友であった。

私も彼の書いた「日記」を読んだが驚いたことにこの本は平安時代の貴族が書いた難しい日記を格調高い日本語で解説してあるもので、日本の古典文学者に負けない学力だと思った。「明治天皇」も読んだが驚くべき博学である。

インバウンド（訪日観光者）が急増しているのは外人が自国にない日本の素晴らしさにようやく気づき始めたからだと思う。若いうちは幼稚だから幼稚な外国特に米国の文化に嵌《は》まる傾向があるが、年とともに人間は老成してくるのに若い時の儘《まま》では様《さま》にならない。幼稚で粗雑な外来文化に嵌まり日本文化の素晴らしさに気づかないのは日本人の精神年齢が低いからではないか。

我々日本人も外人が珍しがったり褒めたりする日本文化を見直すことから始めようではないか。日本の伝統文化は全て江戸時代までに発生したもので明治以降のものはない。

今後は伝統文化を人為的に保存しない限り衰退したり消滅するばかりで保存に値するような新たな伝統文化は発生しないと思う。そうなった時の過剰な自由と悪平等しかない単純で粗野な日本を想像すると淋しくて侘《わび》しい。これではいけない。全日本人が伝統文化に関心をもって自分に合うものを実践してもらいたい。

追伸、私の行っているものは尺八、俳句であり、時々古典文学を読む。

和魂を持たない日本人は尊敬されない

和魂洋才《わこんようさい》という言葉は大昔からあった和魂漢才《かんさい》を真似て明治時代に造語されたものである。和魂漢才は平安時代の学者菅原道真が使った言葉であるが、日本古来の伝統的思想を守りながら中国から招来される進んだ文明を利用しようということである。

和魂洋才《わこんようさい》とは大和魂と西洋文明という意味であり文明とは技術という意味であり文化とは異なる。和魂洋才という言葉は六十年位前から死語になった。現在は洋魂洋才《ようこんようさい》と言った方が適切かもしれない。

和魂は大和魂《やまとだましい》のことだが範囲が広く漠然としている。構成要因を探ってみると、主なものは神道《とう》、仏教、儒学、武士道と「その他」になると思う。

この内、儒学は湯島聖堂など一部の人達によって擁護されて伏流水の如く細々と存在している。武士道は無形の道徳であるから武士が消滅するとその残滓《ざんし》を風の如く承継する程度で殆ど消滅したのも同然である。

神道は教義が無いという珍しい宗教だが、神話の神々や英雄、偉人が祭神であるから、古来神話や伝記により祭神を崇拝することによる精神の形成があり、細々ながら和魂の要因を保持している。

仏教の影響も現在は薄くなっている。寺は観光化して、寺で有り難い説教を聞くことは珍しい。ただ、昔の名僧の著書が残っていて、少数の心ある人には影響を及ぼしている。

和魂の要素の「その他」は和歌を初めとする文学、能、歌舞伎、山水画その他の絵画、邦楽、茶道、華道、相撲、剣道、柔道などが仏教や儒教や武士道の強い影響下で成立しているので、これらに接する人々には和魂が少し伝わっている。その他には富士山を代表とする全国の山岳信仰や花鳥風月を愛でる心もある。特に桜は明治維新の時に「敷島の大和心を人とわば朝日に匂う山桜花」と詠われ又昔より「花は桜木人は武士」という慣用句があるように桜と武士の潔さを称えている。大東亜戦争の時は軍歌に桜が頻繁に登場した。

現在ではテレビの時代劇、講談、インターネットの百科事典や有志家による講演会で和魂を伝えるのみで肝心の学校では和魂の教育は全くされていない。文科省の学習指導要領によると武士道の徳目は全くないし儒学の徳目は礼とか孝などがあるだけである。学習指導要領は武士道や儒学は頭から無視している。邦楽は平成十年から授業に採用しているが進捗《しんちょく》していない。剣道、柔道、相撲がスポーツとしてなされている位いで和魂を抜きにした道徳教育は内容が空虚である。

以上のような状況で、明治維新に次いで大東亜戦争の敗戦によって和魂の濃度は希薄になり更に現今では企業の要請により大学教育は重心を国際人の養成に移す傾向にあり益々和魂は希薄になろうとしている。日本政府としてはグローバリゼーションを否定することは出来ないので、政府は今こそ和魂を強調して、国際人で且つ和魂を持った青年の養成を目指すべきである。

日本人で和魂を意識しない人はなんら痛痒《つうよう》も感じていないのだろうが、外国の知識人は輝かしい明治人のイメージを強く持った人もおり日本や日本人に関心を持ち日本や日本人について色々質問するし、日本人なら柔道は誰でも出来るだろう又、侍《さむらい》（侍の魂を持った人）も居るだろうと思っている人もいるようだ。青年も外国に行った時のために剣道、柔道、空手、尺八などを一つ位は習得し、仏教の勉強をして質問に答えられるようにし論語も名文句は暗記して真の日本人はここに在りと主張してもらいたいものだ。幼稚で国籍不明人が外国に行ってうろちょろしては困る。

外国人は宗教について特に関心が高いので質問されて答えられないでは赤恥をかくことになる。外国では和魂を持たない骨なしの洋魂洋才の日本人は尊敬されないだろう。

不動心は信頼の基《もと》

「心こそこころ惑わす心なれこころこころして心許すな」この和歌は九州の小大名家から米沢藩主上杉家に養子に入って、破綻していた藩財政を苦労して立て直した江戸時代の名君である上杉鷹山《ようざん》の作である。武士の不動心を説いたものである。

「女心と秋の空」という言葉があるが女だけではない。男も同じである。心は常に動揺していて安定しないので、良心によって常に制御し、心を鎮めて不動の良いこころを保持しなければならない。

これは仏教の開祖釈迦の教えに近いといわれるダンマパダ（日本では法句経という）では至る所で過剰なくらい力説している中心的教えである。釈迦の説法を最もよく引き継いだ禅宗（釈迦より二九代目のインド人の達磨《だるま》大師が中国で創設）でも至る所でこれを強調している。中曽根康弘元首相（百二歳）の座右の銘に「不動心」があるが、彼は日常的に座禅をして不動心を養った由。自民党の中では随一の尊敬と信用を得ているのも不動心の賜物と思う。

考えがころころ変わる人、感情が強くて衝動的に行動する人、誘惑に弱くて志を曲げたり悪い道に入ったりする人などは、たとえ頭脳明晰でも特異の才能が秀でても言うまでもなく他人の信頼は得られないので出世もできないし尊敬もされない。不動心がないからである。

特に重要なことは日常的には安定して信用もある人物が金や女やポストの誘惑にまけて不正義に傾くことがあるが、後に命取りとなることである。特に女の誘惑に弱い人が飲酒時に理性が麻痺して失敗をすることがあり要注意だ。不動心に似ていて非なるものに固定観念がある。

強い固定観念を持っていると、新たな情報にふれてそれが真実であり又は道徳的であると認めても考えを変えない人がいる。無気力なために改善する心が湧かない人や所謂《いわゆる》頑固者で自分の考えに拘《こだわ》る人であり人間的な成長の停止した老人に多いが、若者にもこのタイプはいる。若者の場合は読書や他人の影響によりある事柄を妄信している場合もある。女性には妄信者が結構いる。迷信を信ずる人も女性に多い。

不動心は信念とは異なる。不動心は安定した心、一時的には動揺することがあっても直ぐ立ち直る心であり、信念のように特定の思想などを信じて動かない心である必要はない。思想は常に高めて向上すべきたが、ころころ代わるようだと不動心が欠けていると言わざるをえない。豹変ぶりが激しい人も酒の上のこととはいえ同様である。飲酒は理性がはがれてその人の本性が露呈するので、人間は理性で外見を取り繕っても駄目で本性の次元で不動心を保持しなければならない。

結局、不動心とは心が安定していて、ころころ変わるようなことはないが、頑固者や硬い信念を持ち続ける者とは異なり盲目的ではなく心は常に向上して思想を高めるとともに心を鍛錬して常に動揺しない安定した心であることであり、外形も物静かで温和な落ち着いた印象を与える。

不動心を身につけるにはどうしたらよいか。僧侶や武士は座禅を続けて、軽薄な心を落ち着かせてものに動じない心をつくった。座禅を続けると心とともに態度も落ち着いてくるようだ。僧侶はもの静かで落ち着いた人が多い。心も不動心になっているものと思う。座禅をしても悟りの境地に達することは難しいが不動心の獲得はそれほど難しいことではないと思う。

論語（孔子の教え）でも孔子は自分は「四十にして惑わず」と言っている。あれこれ迷うことはなかったという意味であり、不動心に近い心を持っていたということだ。しかし、論語ではそれ以上に心の動揺については述べていない。そもそも論語には心という文字は一箇所しか使用されていない。思という文字はあり心の思という意味で使用されている。仏教が心の次元を問題にしたのに対して論語では心が或る意味のある漢字の形をとった次元の徳目等々を問題にしている違いがある。漢字文化は一般にそのように成り立っているのではないかと推測している。

因みに、釈迦は紀元前五百六十三年に生まれ八十歳まで、孔子は紀元前五百五十二年に生まれ七十三歳まで生きたので、運もあるとはいえ危険を回避するための知恵も持っていたものと思う。インドと中国と国は異なっても同時代に生きた人であることは興味深い。二人とも確固たる不動心の下で余程精神状態が良かったのであろう医術も未発達な時代にとても長寿である。四十才未満の平均年齢の時代で八十歳は今の日本なら百六十歳位にあたる驚異的な長寿である。

ついでに西洋の紀元前の哲学者を揚げておこう。ソクラテスは紀元前四百七十年頃に生まれ七十一歳没。プラトンは紀元前四百二十七年産まれ八十歳没。アリストテレスは三百八十四年に産まれ六十二歳没、人の人相について額の大きい人はのろまで小さい人は移り気であると述べている。

難しい選択は結婚

選択の重要性については前に森鷗外ほどの人でも的確な選択は難しいことを書いた。

さて、個人の問題として選択をみると人生は選択の連続といってもよい。衣服を買う程度の選択はどうでもよい。人生をとおして節目となる重要な選択が幾つもある。学校選び、就職の選択、結婚の相手選び、友人の選択、住宅の購入、他人との交渉の選択等々は誰でも遭遇する厄介な事例である。

私は今までの人生を振り返ってみると悪い選択の方が多いが、良い選択も二三はあるので、私の能力にしてはまあまあというところだ。従って、結婚に絞って簡潔に話しをしたい。

あまり自信は無いが長年の経験に鑑みて話したい。詩人与謝野鉄幹は「妻を娶らば才たけて見目麗しく情けある」と歌ったが、これは理想像ではあるが私は少し補正したい。先ず相手は血筋の良い家庭の産まれであること。血筋の良いとは由緒正しいとか金持ちとか知名士とかではない。先天的に善良で教養があり志があるような父親と先天的に善良で慎み深く情けある母親のような両親と兄弟姉妹を指す。

相手本人は善良で情けがあり慎み深く控え目な人が基本だが、子供の教育のためにはそれだけでは足りず才能や教養も必要であろう。更に、見目麗しいなら理想的である。しかし、美人でなくとも心が善良ならある程度美しく又は可愛いいと感じるものだ。フランスの英雄ナポレオンは「美人は眼を楽しませ良婦は心を楽しませる」と言っているが、心を楽しませる良婦を探したいものだ。

相手が男の場合も家族については前記したとおりであるが、本人は善良で進取的で義侠心もと言いたいところだが、善良で朴訥で真面目な努力家くらいにしたい。孔子の論語に剛毅朴訥《ぼくとつ》仁に近し、巧言令色少なし仁(剛毅で朴訥な人は仁の徳を持っている、言葉上手でイケメンだけでは仁の徳は無い)も参考にするとよい。

男女ともに若い内は人を観る目が甘く表面的になりがちであり、華やかな衣装やお洒落によって魅惑されたり、些細な癖とか欠点を重視したりして内面の充分な判断まで行かないうちに結論を決めてしまうこともある。女は地味よりもお洒落のほうが男を楽しませるが、それだけでは足りず堅実か、勤勉か、知能は程ほどに高いか、子の教育に熱心か、料理に関心はあるかなども考えることだ。

相手が男の場合も一生付き合うのだから外見の良いイケメンのほうがよいが、軽薄ではないか、怠け者で遊び人ではないか、異常な女好きではないか、読書は好きか、人間力（身体力、精神力、知能力、人徳力、社交力）は程ほどにあるかなど内面重視のほうが失敗は少ないと思う。但し、自分のことは棚にあげて相手のことを詮索《せんさく》しても、「釣り合わぬは不縁の基」という諺もあるので、自分と相手とのバランスも考えてみることも必要であろう。

結婚は相手を楽しませないと相手も楽しませてくれないということも十分理解しないといけない。朴訥で真面目でも偶《たま》には笑顔で妻を褒めたりすることだ。結婚は長い付き合いになるので、若い頃は良かったが今じゃこうなったと綾小路きみまろの漫談のようにならぬとも限らない。「結婚は冒険なり」は真理だろう。

しかし、性格は先天性と後天性は五分五分だから、上記に述べた善良云々《うんぬん》や人間力などについての判断を信じて決断するほかはない。そして、五分の後天性は夫婦相互の努力によって築き上げることになる。詳述すると両者の温厚な話し合いによって改善すると思う。自己主張は控え目にして相手の希望を叶えるように努力すると相手も自然にその様になっていくと思う。

それから、重大な選択は自分ひとりで考えるだけでなく必ず親、兄弟、友人その他適当な知恵者に教えを請うことも大切である。

難行道がお勧め

難行道と易行道という言葉があるが仏教用語である。難行道は自力本願であり禅宗が代表であり、易行道は他力本願で浄土宗や浄土真宗が代表である。禅宗は仏教の開祖釈迦の教えを継ぐ本流であるが現在はその真価を発揮していないで形骸化して衰退傾向にある。浄土系の宗派は寺自体も活発で勢いが左程衰退していない。

さて、今から述べることは宗教のことではない。個人が自力主義をとるか他力主義をとるかの生き方の問題である。家の宗派は自力本願の禅宗でありながら生活態度は他力主義の人もあれば浄土系の信者でありながら自力主義の人もおり、宗教と生き方が一致していないのが実情である。

さて、私のことだが二十歳の時に近眼になり、同じ近眼の友人と眼科医を訪れ対策を尋ねたところ医者の曰く二つの方法がある、一つはメガネを掛けること、もう一つは星など遠い物を見つめることだと。私は後者をとり夜は星を見つめ昼は遠い山などを見つめた。友人はメガネを掛けた。十年位経ったら、私は近眼がかなり良くなったが、友人は近眼が進んでメガネのレンズを交換していた。私は自動車免許もメガネなしだ。

私の選択は正しかったと思っている。私は難行道という言葉も知らないときから図らずも難行道主義者だった。それは少年の頃吉川英治の宮本武蔵を読んで、武蔵が難行道を進む姿に無意識に感化されたのだろう。今は老人だから、医者との付合いがあるが、安易に医者や薬に頼らず自分で出来ることは自分で辛抱強く努力している。早朝のウオーキングは三十一年続けているのでお陰で、オムロンの体組成器では体年齢は六十五歳である。但し荒行は勿論のこと座禅もしない。しないよりはした方が良い程度の漸進《ぜんしん》主義者である。

人間はとかく安易な道を選ぶがこれが過剰になると自分でやることが少なくなりその反面娯楽が増えて段々に堕落してしまう傾向がある。

世間で自助、共助、公助などと言っているが、こんな考えを制限なく広めることは間違いだと思う。

台湾の元総督李登輝《りとうき》は明治時代の台湾民生局長の後藤新平（後の東京市長）の「人に頼るな人を助けよ」という斬新な言葉を励みとして頑張ってきたと述べている。

現在の日本はどうか。こんな自助努力を推奨する言葉をあまり聞かない。逆に生活保護の受給を積極的に勧めている弁護士もいる。国民は鼻から共助や公助を期待している人もいる。公助は全くの他力本願主義だ。

老人が仕事も無いのに食欲に任せて食べるので、メタボになって病気になり医療費のために国家財政は破綻しかけている。こんな状態にした元凶はポピュリストである自民党の歴代政治家の責任だ。慈悲の心も無いとはいわないが主に選挙目当ての安易なばら撒きの所為《せい》だ。

老人になって無様な生き方に成らないためには若いうちから将来を見据えて自力本願主義を確立し、趣味を始めたり、運動の習慣をつけたりする必要がある。老人になってボケに成るか否かは現役時代の自助努力する習慣に係っていると私は思っている。孔子の論語は書いている「仁者は難《かたき》を先にして獲《う》るを後《あと》にす。仁と謂うべし」難事を先にして利得は後のことにするという意味である。至言である。

戦略的世渡り

戦略というと天才兵法家孫子（BC五百四十一～四百八十二）が頭に浮かぶ。孫子の兵法の真髄は「戦わずして勝つ」である。ここでは戦闘に限らず外交や個人の紛争や交渉などについても考えたい。

織田信長は武田信玄が怖くて疑い深い信玄が信用するまで手紙と屏風を贈ったりゴマすりをして戦いを避けた。戦国武将は大なり小なりこんなことをしている。剣豪宮本武蔵は生涯に四十数回戦ったと言われているが、自分より強い者とは戦わないという戦略を持っていた。佐々木小次郎との巌流島《がんりゅうじま》の戦いには小次郎の長剣より長い木刀を持参し、わざと遅刻して小次郎を苛立たたせ太陽を背にして相手が太陽に向かう戦術をとった。戦国の武士たちは必死で生き残りや勝つことを考えた。

日露戦争は戦略が良かった。計画をたて十分準備をした。当時世界の最強国英国と日英同盟を締結し親露国フランスを牽制させた。そして、米国の応援をうるため福岡出身の金子堅太郎を派遣して大統領を親日家にし、戦費の調達にも成功した。終戦のことまで考えて戦った。福岡出身の明石元二郎大佐は反露活動家の中心人物レーニンに近づき首都で反乱を起こさせ戦力を首都に釘付けにするよう多額の資金を支援して満州の露国の戦力を弱体化した。明石の功績は一個師団に匹敵するといわれた。

外交では日露戦争後に清朝政府は日本が露国から奪った満州を清国に返還するよう日本に要求したが日本はこれに応ぜず満州国を建国して反日感情を高めた。米国も満州の経済的需要を取り込みたいと鉄道の開設を希望したが、首相伊藤博文以下各大臣は賛成したにもかかわらず外相小村寿太郎の日本人の多数の血によって獲得した土地を米国の会社に占拠させてはならないとの猛反対により拒否した。これによって米国でも反日感情が芽生え始めた。この頃から日本の指導者は先が見えなくなった。米国の要求をいれて鉄道を一本引かせていたら、その後の日本の運命も変わっていただろう。

昭和八年に国際連盟において満州国建国について非難され代表松岡洋右《ようすけ》は短絡的に国連を脱退し、帰途露国に立ち寄りスターリンと日露不可侵条約を締結し、その後孤立した日本は外相松岡洋右の発案で日独伊三国同盟を締結した。小村寿太郎や松岡洋右という先が読めない者が外交を担当したのが失敗だ。これは外交戦略の大失敗である。「戦わずして勝つ」という知恵は全く欠けている。

大東亜戦争の開戦日（昭和十六年十二月八日）に日本海軍の航空隊は米国ハワイの真珠湾の奇襲により米国戦艦五隻を沈没し戦艦二隻を大破した。その翌日には日本航空隊はマレー沖で英国の不沈戦艦プリンスオブウェルスと戦艦レパルスを沈没させた。英国のチャーチル首相の落胆は非常に深かった。米国ではこれを見て軍艦は航空機には敵わないと考え以後飛行機戦に重心を移した。

日本海軍は真珠湾やマレー沖の飛行機による大戦果を挙げたにもかかわらず明治三十八年の日露戦争の軍艦同士の海戦の大戦果が忘れられずに大艦巨砲主義を改めなかった。その結果は惨憺たる日本海軍の敗北となった。不沈戦艦と言われた武蔵は米国航空隊により沈没した。日本海軍のなかでも航空機に重点を移すべきと主張した山本五十六《いそろく》連合艦隊指令長官もいたが、大勢は変わらなかった。米国は日本の真似をして方針を変えているのに日本は過去の戦果に拘《こだわ》り変更しようとはしなかった。参謀本部の頑迷固陋の所為だ。これが戦略の誤りである。戦略を誤ると戦術の研究は報われないことが多いと考える。

大東亜戦争は最大の失敗だ。孫子は「まず勝つ見込みを立ててから戦う」「彼を知り己を知れば百戦危うからず」と当然すぎることを述べているが、これさえ知っていれば米国とは戦えなかった筈だ。

英国のチャーチル首相は「日本の鉄の生産量は米国の十分の一だがこれで米国に勝てるのか」と外相松岡洋右《ようすけ》に手紙を送って翻意《ほんい》を促したが、松岡は「日本はたとえ仰るとおりであってもそれをなんとか工夫して実行する国であるので以後はお節介はやめてもらいたい」と馬鹿な回答をしている。「戦わずして勝つ」「勝つ見込みを立ててから戦う」「敵を知り己を知れば百戦危うからず」という戦略を理解しておれば米英等を相手に無残な敗戦を迎えずに済んだのである。

現代人も世渡りには大いに戦略を活用したいものだ。戦略がよければ戦術は立て易くなるし勝率も高くなると思う。

プロフィール
高瀬 こうちょう

昭和8年7月27日 福岡市生まれ。
東京で住宅金融公庫他に20年勤務し、
その後不動産鑑定事務所を福岡市に設立。
30年間不動産鑑定を行う一方、福岡地方
裁判所の調停委員を14年務めた。
福岡市早良区在住

【著書】
『管見随想録』(2012)

管見随想録　上巻
八風吹けども動ぜず
ISBN978-4-434-33647-8　C0095

発行日　2024年 3月　20日　初版 第1刷

著　者　　高 瀬　こうちょう
発行者　　東　　保 司

発 行 所
櫂歌書房《とうかしょぼう》
〒811-1365　福岡市南区皿山4丁目14- 2
TEL 092-511-8111　FAX 092-511-6641
E-mail:e@touka.com　http://www.touka.com

発売元 星雲社 (共同出版社・流通責任出版社)